BÉHÉMOTH

ET

BISTORTE

BOURG-EN-BRESSE

IMPRIMERIE VICTOR AUTHIER

—

1890

BÉHÉMOTH & BISTORTE

BÉHÉMOTH

ET LES

ADIEUX D'UNE INSTITUTRICE

BOURG

IMPRIMERIE VICTOR AUTHIER

—

1890

BÉHÉMOTH

Silhouette de Béhémoth selon JOB et BESCHERELLE

La terreur habite autour de ses dents.

Son corps est semblable à des boucliers d'airain fondu et couvert d'écailles.

Lorsqu'il éternue, il jette des éclats de feu et ses yeux étincellent comme la lumière du point du jour.

Il sort de sa gueule des lampes qui brûlent comme des torches ardentes.

Il lui sort des narines une fumée, comme d'un pot qui bout sur un brasier.

De son haleine il allume des charbons, et la flamme lui sort du fond de la gueule.

La force est dans son cou : la famine marche devant lui.

Son cœur s'endurcira comme la pierre et se resserrera comme l'enclume sur laquelle on bat sans cesse.

Si quelqu'un l'attaque, ni l'épée, ni les dards, ni les cuirasses ne pourront subsister devant lui.

Il méprisera le fer comme de la paille, et l'airain comme un bois pourri.

Il fera bouillir le fond de la mer, comme l'eau d'un pot.

—✳—

Béhémoth consomme chaque jour le foin de mille montagnes très vastes, mais l'herbe qu'il a mangée le jour croît de nouveau la nuit, afin de fournir toujours à sa subsistance.

Réflexions du Lecteur

LES

ADIEUX D'UNE INSTITUTRICE

J'AI demandé à mon esprit de déployer ses ailes et de se transporter dans une immense vallée où se trouveraient réunies les mille et mille institutrices laïques qui dirigent les écoles primaires dans les campagnes.

Je l'ai chargé de leur faire mes adieux dans les termes que je vais consigner :

L'heure de ma retraite est prochaine. Encore quelques jours, je ne serai plus devant vous cette servante de l'Etat, qui m'a rétribuée pendant trente ans, pour lui former des enfants et lui

Réflexions du Lecteur

restituer des filles françaises de cœur. En 1889, nous sommes, dans l'Ain, 361 institutrices ; en France, notre nombre peut s'élever à 57,000, et les élèves de nos classes à 1,900,000, sans exagération. Ensemble, nous constituons, dans les campagnes, une tribu considérable, originaires, pour la plupart, de parents peu fortunés, mais laborieux, qui demandent leur subsistance au travail méritoire.

En naissant dans nos rustiques maisons, avons-nous apporté à nos ascendants les apparences d'une constitution telle, que nos bras viendront un jour se joindre à d'autres bras pour faire progresser la famille, en fouillant un sol qui exige, de la part du travailleur, la force avec la robuste santé ? Si, oui ; la Providence fait présager aux aînés qu'elle envoie dans un berceau un nouveau-né à aimer, qui grandira pour tenir la tête devant les bœufs, semer et sarcler plus tard, et, enfin, pour récolter. Si,

Réflexions du Lecteur

au contraire, le père et la mère ressentent en leur cœur une tendresse pour un récent fruit de leur amour qui ne pourra mûrir qu'en avançant dans la vie avec la paix intérieure et sous un soleil de choix, fortifiant les aptitudes de l'esprit avec la santé.

Or, ce soleil, je le nomme lumière éclatante dans toute l'humanité, don suprême du Créateur qui fait de nous des êtres privilégiés sur la terre, en éclairant nos esprits, les élevant jusqu'au trône de la divinité, et les rayons de cette lumière, comment les recevons-nous, si ce n'est en les méritant par une élévation spontanée de nos cœurs pleins de gratitude.

Faire le bien, éviter le mal, voilà comment on se fait plein de gratitude.

La distinction du bien d'avec le mal s'obtient dans toutes ces écoles qui ouvrent et fortifient les aptitudes de l'esprit, qui apprennent à aimer le prochain, développent l'intelligence

Réflexions du Lecteur

et particulièrement font pénétrer dans les cœurs les grands principes de la moralité.

Grandissant sous les ailes de Directrices choisies, nos élèves retournent aux parents des filles françaises allant partager les charges des ménages, apporter aux foyers des maisons les douces joies de consciences éclairées et, dans toutes leurs actions, une correction qui les rend dignes des éloges et des affections les plus sincères.

Pères et mères qui nous avez aimées tendrement, qui avez fait pour nous, frêles dans l'humanité, des sacrifices de toute nature pour notre instruction, demandez à vos esprits de voir, avec moi, dans cette vallée, 57,000 Institutrices de vos familles qui, demain, vont se répartir dans des écoles primaires, qui seront bientôt entourées de 1,900,000 enfants confiées à leurs soins maternels.

Avec moi aussi, vous élèverez vos yeux au-

Réflexions du Lecteur

delà des nuages, et, après quelques minutes de
réflexion, nous reconnaîtrons tous que nous
appartenons à cette postérité de Jacob qui resplendit là-haut pour faire bénir les moissons
dans les campagnes.

Nous savons à satiété que les méchants et les
hypocrites épient nos actions, suivent nos pas,
ardents à nous incriminer : Pour eux, être
Institutrices laïques, c'est être oiseaux de
mauvais augure : tel est le langage usité de leur
charité. Aux grossières injures débitées dans des
maisons enfumées, répondons par le silence, tel
que le Juste le gardait devant ses iniques accu-
sateurs.

Ecoutez ces paroles de vérité :

Voudrions-nous ressembler aux méchants,
aux filles hypocrites ? Il nous suffirait d'acheter
à la foire un mètre de linge noir, de le tresser
sous la nuque et d'en couvrir nos épaules jusqu'aux
reins et tombant sur le coccyx.

Réflexions du Lecteur

Mais, je vous préviens que, sous ce vêtement, les bons paysans ne verront que le sinistre appareil d'un cœur suicidé sur le corps d'un vivant.

—✷—

Comme les lis de nos hayes, paraissons avec les couleurs variées de l'Arc-en-Ciel pour glorifier, en toutes choses, celui qui a présidé à la parure de la fleur de son Evangile.

Pourquoi voiler. annihiler la forme humaine, sans penser que nul n'a le droit de détruire l'œuvre du Créateur ? Pourquoi emprisonner la chevelure, cacher le front, déformer le corsage, comprimer la poitrine qui se soulève si harmonieusement, affubler le corps de vêtements sinistres ; porter à la ceinture les cordons d'un Poële funèbre ? Serait-ce que la *laideur plaît à qui des habitants* du ciel et de la terre ?

2

Réflexions du Lecteur

Notons, qu'à des époques peu reculées, la grâce et l'élégance n'étaient pas un péché.

Un Ange a dit : « Je vous salue, pleine de *grâce* »... et la *liturgie* catholique porte, qu'au céleste séjour, la mère, pleine de grâce, fut reçue en manteau doré, entourée de couleurs variées (1).

Il est enregistré dans de pieuses publicités :

« Les dames de *Santa Maria in Capitoglio*,
« réunies en collège, dames de noble race,
« ornaient de dentelles leur corsage de brocart.
« Celles de *Montibur* portaient des dentelles,
« des voiles transparents, des mantes bordées
« d'hermine, des gants jusqu'au coude. Les filles
« du *Saint-Sépulchre*, qui possèdent un couvent
« à Charleville et un autre en Bavière, ont
« aussi un costume majestueux : c'est une robe
« courte, en drap, sur laquelle on attache une

(1) In vestitu deaurato, circumdata varietate.

Réflexions du Lecteur

« longue traîne. Ces filles portent un surplis de
« fine toile blanche, comme les Prêtres, et
« tombant aux genoux. Il a de larges manches
« arrangées à la Juive. Les jours de grandes
« fêtes, un manteau de cour, à traîne, s'attache
« sur les épaules. D'un côté, il porte une croix
« de satin rouge, à doubles bras ; de là, partent
« deux longues cordelières de soie rouge qui vien-
« nent tomber en gros glands aux bas de la jupe.

« Les Nonnes de l'*Ordre militaire de Cala-*
« *trava* portaient aussi la croix rouge sur la
« poitrine, et la mante des Augustins était
« poudrée de petites croix rouges. Les Socié-
« taires de l'*Ordre Saint-Macaire* ont des
« coiffes de couleur léonine. »

Mais tout cela n'empêche pas que de sombres
Directeurs se soient ingéniés, de nos jours, à
enlaidir la femme et la fille, et il n'est pas sûr
qu'ils font œuvre qui plaise à la souveraine beauté.

—✻—

Réflexions du Lecteur

On se souvient que, lors du mariage de sa nièce Marie, aujourd'hui comtesse Moroni, le Souverain-Pontife choisit en quelque sorte lui-même les robes de la jeune épousée. Au moins Léon XIII avait-il stipulé que les toilettes par lui données seraient blanches, bleues ou noires. « Ce sont les trois couleurs qui conviennent aux jeunes femmes, aurait dit le Saint-Père : le gris et le brun sont pour les vieilles. »

Au bréviaire — Lyon — 1775 — on lit : *Ad laudes commune sanctarum mulierum :*
 « *Sicut sol oriens mundo in altissimis Dei,*
« *sic mulieris bonæ species in ornamentum*
« *domus ejus.* »

Chères institutrices ! marcher sous le soleil avec les ornements de la distinction ne sera jamais

Réflexions du Lecteur

une décadence de l'humanité : les évolutions terrestres qui font des victimes ont un terme, mais la vraie piété, celles des nobles chanoinesses, sera honorée dans les siècles du présent et de l'avenir ; ensemble, souhaitons de voir reconstituées, sur le territoire français, les dames de l'*Abnégation* et du Sacrifice, sous la bannière de Vincent de Paul, qui sont hautement les milices de la charité et du désintéressement. L'ordre de Saint-Vincent-de-Paul ne vend pas son sommeil, ne fabrique ni étoffe, encore moins de liqueur, ne s'enrichit pas du travail des autres ; cet ordre est et sera, dans toutes les régions de notre globe, les sublimes mères des infirmes et de toute l'humanité souffrante ; il donne, il donne encore, il donne toujours, et les heures de sa vie et les trésors du cœur compatissant.

—✳—

Réflexions du Lecteur

1

Quant à nous, Institutrices, mettons au dernier plan ces inquiétudes se rapportant à nos toilettes plus ou moins coloriées : toutes, enfants de la lumière, portons les flambeaux de la science, enseignons joyeusement l'art de bien penser, de bien parler, de vêtir la moralité.

Réflexions du Lecteur

JEUDI

J'AI conduit mes élèves de toutes les classes à la promenade.

A la distance de deux kilomètres du point de départ s'est offert près de nous un terrain communal de vaste étendue, qui nous a convoquées à la joie de nous y ébattre. — J'avais permis.

Le fossé qui faisait obstacle fut d'abord un sujet d'exercice pour mes élèves : les unes franchirent hardiment, quelques autres allèrent au pont ; j'étais, moi, en arrière, satisfaite d'avoir trouvé là une occasion de m'éclairer sur la santé de mes élèves : celles qui furent intrépides à sauter le fossé étaient joyeuses, riant aux éclats, elles m'offraient des visages colorés ; les prudentes à l'excès semblaient me demander du repos sur des pliants qu'elles

Réflexions du Lecteur

tenaient aux bras ; dès lors, ma conviction s'est affermie. — Les prudentes sont malades d'anémie.

Qu'est-ce que l'anémie ?

La science du médecin dit : « C'est un état
« de langueur qu'il faut combattre par le fer » ;
ma réponse d'institutrice, la voilà : « C'est
« la punition des aînés qui ont laissé s'infil-
« trer chez leurs pupilles une humidité qui
« aboutit à glacer le cœur déjà menacé d'être
« mortellement atteint de l'horrible plaie de
« l'*Égoïsme.* — Je prononce que les tuteurs
« sont moralement tenus de rendre sains et
« valides, à la Société, des enfants devenus
« majeurs sous leur surveillance, et ces tuteurs
« ont dû et doivent énergiquement tendre à ce
« que toutes les infiltrations humides soient
« combattues dès le bas âge. »

Réflexions du Lecteur

Comment faut-il combattre ?

1° Par les baisers que l'enfant doit prodiguer à son père et à sa mère, avant et après le sommeil ;

2° Par le remerciment, à *qui de droit*, des bienfaits reçus et de ceux à obtenir dans la voie de la sagesse ;

3° Par la joie intérieure en travaillant, et rendue expansive dans des relations amicales et choisies ;

4° Par une constante vigilance sur les aspirations et les élans du cœur, en le pénétrant de cette vérité qui consiste à savoir que la divinité commande l'amour du prochain, la charité.

3

Réflexions du Lecteur

UN AUTRE JEUDI

JE vous convie, mes amies, à parcourir avec moi les abords des prairies où la gracieuse pâquerette, messagère des beaux jours, ouvre, développe pour nous sa riante couronne ; nous prendrons les sentiers qui raviront nos yeux à l'approche des bluets ; nous nous plairons à côtoyer les champs de blé si joyeux de nous offrir leurs brillants coquelicots. — Oui, ouvrières du bon travail, le jeudi vous appartient, et nous nous en servirons en pleine liberté pour aller sous le soleil vivifiant contempler les jardins de la Providence, qui, de sa propre main, a semé pour notre rémunération, et cette rémunération, permettez à ma conviction et à mon expérience de vous le dire, consistera principalement à vous gratifier du courage dans les adversités, à développer en vous les aptitudes de l'esprit et la santé du corps.

Réflexions du Lecteur

Santé du corps !

Ne la cherchons pas, mes amies, chez les élèves des nombreux pensionnats où l'anémie se propage par l'humidité, où les yeux et les cœurs sont fermés au travers des brouillards et des marécages. Je vous conjure, mes amies, soyons, en notre France, des enfants de lumière, avec les yeux en haut et les cœurs compatissants ; en route pour les montagnes de la Judée, où nous trouverons deux cousines à imiter, et qui, glorieuses de leur future maternité, entonnent le *Magnificat*. En arrière et dans les combles, laissons ces ténébreuses créatures, qui traînent, attaché sur la nuque, en s'allongeant, un sinistre appareil rivalisant avec la queue d'un animal abattu.

—❊—

Réflexions du Lecteur

Depuis que, par l'esprit, je vous ai vues réunies près de moi pour écouter, au nombre de 57,000, des paroles parties du fond de mon cœur, j'ai dû réfléchir très sérieusement à la responsabilité qui m'incombait à raison des enseignements que, moi, simple institutrice dans une école de campagne, m'étais permise de vous donner, à vous qui formez une tribu considérable et très en évidence dans la Société.

Sans me repentir de mon action, je reviens à vous, à cause principalement des inquiétudes qui pourraient assombrir les jours préliminaires à un mariage. Il ne s'agit pas ici, pour moi, d'être votre supérieure, mais une amie dans toute sa sincérité.

Nous paraissons toutes dans le monde pour accomplir une destinée qui est dans les vues du Créateur de l'humanité et qui nous a dotées

Réflexions du Lecteur

de facultés propres à mériter de retourner à LUI, si, par nos efforts volontaires, nous avons pratiqué sa loi.

Or, mes amies, nous toutes, étant nubiles, avons lu la loi : Croissez et multipliez. Donc, l'union légitime, religieuse, vous est commandée aux jours où vos facultés innées vous convoquent à des noces.

Et ce commandement, je vous l'écris joyeusement, en pleine sécurité de ma conscience, parce que j'ai compris l'ineffable bonheur de cette bien-aimée, qui vit à Cana le premier des miracles dont l'humanité fut honorée et que le Christianisme publie dans ses cantiques.

Il ne m'appartient pas de tracer en détail la conduite antérieure qui doit vous déterminer à accepter ou refuser les propositions de mariage qui vous arriveraient ; je vous dirais uniquement que, sans examiner de très près le numéraire d'un prétendant, si, étant jeune fille nubile, je

Réflexions du Lecteur

rencontrais au village ce soldat d'hier qui a vu, qui sait, qui a obéi, qui montre son livret, je sentirais battre mon cœur, dormirais peu, et désirerais qu'un beau soir son père vint me demander pour être sa bru et pour couronner son fils amoureux.

Ce soldat qui, obéissant à la loi, est parti de son village, a servi sous les drapeaux de la France, qui revoit la maison paternelle, plein de vigueur, ce serait mon rêve, ce rêve que je croirais me venir d'en haut, pour monter à l'escalade d'une seconde patrie avec mon soldat de la territoriale.

A travers les précipices et les rochers, moi, je m'appuierais sur lui, qui me crierait en avant, et, par notre courage, ensemble, nous nous présenterions devant cette mystérieuse citadelle, dont les portes s'ouvriraient à mon Jonathas, portant l'étendard, et à moi, sa compagne inséparable.

Réflexions du Lecteur

Parlant dans les centres populeux,. on dit d'une fille nubile : Quelle est sa dot ? et le sac décide son avenir. Ce langage est la source de nombreux malheurs et de crimes qui effrayent l'humanité, parce que les mariages formés par la matière doivent, pour prospérer, être acceptés et conclus selon les trésors du cœur. — Or, je dis à mes amies les institutrices que, par leur moralité et leur instruction, elles possèdent la seule et véritable fortune qui constitue la félicité dans le mariage. Répondez à ce soldat de la veille, qui est rentré joyeux et robuste dans son village pour embrasser sa mère et ne plus la quitter, répondez à son salut par un sourire qui est un compliment, celui dû à un brave villageois qui a servi sous les drapeaux de la France. Encore quelques jours, et le laboureur d'aujourd'hui saura la sévère moralité que vous pratiquez et enseignez, vos aptitudes aux travaux de l'intelligence, votre honorable simplicité,

Réflexions du Lecteur

votre robuste et florissante santé. Il devinera les douceurs d'une vie qui se prolonge dans l'amour légitimement et joyeusement partagé.

Je vous atteste, mes amies, que vos rêves vous feront voir bientôt un gentil laboureur conduisant la charrue de son père, et courageux dans tous les travaux des champs.

Au nom des lois de la nature, je vous annonce que LUI et LA RÊVEUSE se rencontreront *par hasard*.

Ici, et plus tard, que ce ne soit plus le sac d'écus qui décide.

Sache, rêveuse, que la guerre comporte une éducation spéciale, qui a peu à voir avec les renoncements d'un couvent et les austérités d'une thébaïde.

—❈—

Voici quelques mots pour deux cœurs destinés à s'unir. Les heures des aveux sont venues ; la Providence, qui vous aime, vous convie ; Elle

Réflexions du Lecteur

veut couronner deux de ses enfants qui croient en ses bienfaits :

Institutrice et laboureur ! allez prononcer le vœu de vous unir ; allez pieusement aux pieds des autels, et, la main dans la main, revenez époux, présider aux banquets de vos noces, en buvant le vin de Cana.

—❈—

Pères et mères, qui avez assisté aux noces de vos enfants, je vous salue, heureux et dignes propagateurs de la race bénie d'Abraham.

—❈—

A la campagne, le laboureur ignore la décadence de la femme égoïste : quand après le travail du jour il rentre dans sa maison, il y a là un sourire pour le retour, des apprêts fortifiants en échange de douces paroles, les élans du

4

Réflexions du Lecteur

cœur, celui que Dieu a fait, mais que le cœur noir ne connaîtra jamais.

Epoux qui vous aimez ! sachez que les cœurs gâtés se scandalisent de tout. Echangez aujourd'hui et demain les paroles du cantique :

O la plus belle d'entre toutes les femmes, ton étendard sur moi, c'est l'amour. J'ai cherché celui qu'aime mon âme — l'amour est fort comme la mort.

Réflexions du Lecteur

PAROLES A ÉCOUTER

J'AI frappé à la porte, et la mère m'a ouvert.

Venez, m'a-t-elle dit « mon cœur saigne, la « douleur perce mes os ; j'ai perdu mon premier « né, les autres ont faim, leur père est « malade ».

Et moi, je lui ai répondu :

« Regarde au Calvaire ; je suis la résurrection « et la vie : si je répands le grain au petit « oiseau qui ne sème pas, je prépare à l'épouse « qui souffre dans la soumission, les trésors de « mon ciel.

« Vous toutes, ô mères, que j'ai créées et qui « vivez dans ma dilection, c'est moi qui ai mis « le fardeau sur vos épaules, je couronnerai vos « douleurs et votre amour. »

—✳—

Réflexions du Lecteur

Egoïsme ! reptile venimeux, ver rongeur de l'humanité, autre vent du désert qui donne la mort anticipée, je te hais de toute la force de ma haine — je ne veux plus parler de toi, ton nom seul me fait horreur, va te réfugier dans les ténèbres éternelles.

Amour ! don céleste, je te serre dans mes bras, sois toujours en moi pour me faire aimer Dieu et les hommes, je reviens à toi dont le nom m'est doux pour ne plus te quitter jusqu'au dernier de mes soupirs.

Dois-je m'éloigner de vous, chères amies, sans vous faire d'autres adieux ; hélas ! dans ce monde que je quitterai peut-être demain, je voudrais aujourd'hui vous prémunir contre les innombrables périls qui vont vous assiéger, mais un volume entier ne suffirait pas à ma tâche.

Je vous rappelle qu'en notre France nous

Réflexions du Lecteur

sommes une tribu de cinquante-sept mille fonc-
tionnaires, choisies pour former à la patrie des
enfants dignes à leur tour de perpétuer l'accomplissement des lois religieuses et civiles, mais
comme la pratique des lois religieuses est ensei-
gnée dans les monuments spéciaux aux cultes,
je m'interdis la parole à ce sujet.

—❋—

Reprenons gaiement le chemin de nos écoles
aux acclamations de : Vivent les champs, nos
pâquerettes, nos coquelicots, les cascades ; vivent
les salutaires émotions que nous prodigue la
Providence dans la contemplation de ses innombrables munificences pour les humbles ; vivent
nos joies dans nos consciences portées à enseigner
le bien et à pratiquer hautement !

J'avais à peine prononcé ces paroles de mes
adieux, lorsqu'un groupe de mes amies m'a priée

Réflexions du Lecteur

de dire mes pensées à l'égard du dimanche, dont l'après-midi nous appartient.

Voici ma réponse :

DIMANCHE

Mes amies ! c'est le grand jour, celui qui fait de nous des Servantes et des Souveraines.

Sachant que notre tribu de Jacob, échappée de Babylone, a reçu du Sinaï les commandements de la suprême autorité, nous courbons l'épaule et, servantes, nous méditons sur la gloire et les bienfaits du Maître des empires, en lui adressant spontanément les élans de nos adorations.

Le dimanche au matin, aux heures des convocations, nous paraissons toujours spontanément dans les édifices consacrés pour, en esprit et vérité, prier et y entendre la parole. La servitude nous plaît et nous honore.

Les circulaires de l'Académie ont le droit de

Réflexions du Lecteur

diriger nos actes, et nous leur devons respect, obéissance, même notre concours qu'elles demandent ; mais, dimanche nous affranchit et nous constitue Reines de notre conscience religieuse.

Si le latin résonne dans l'Eglise, que nos cœurs, traversant la voûte, portent nos âmes dans la région de l'éternelle lumière.

Je ne dois pas, je ne veux pas, je ne voudrai jamais m'ingérer dans les prérogatives et la mission dont sont investis les Prêtres directeurs des croyances et actions religieuses. Mes amies les Institutrices dans les campagnes ! si, dans les exercices du dimanche après midi vous entendez uniquement des invocations en langue latine, je prends ici la permission de vous offrir, en français, quelques documents dont l'attentive lecture facilitera l'ascension de vos âmes au trône de la divinité.

CANTIQUE

de la

DÉLIVRANCE D'ISRAËL

———

LE Seigneur est notre force parce qu'il est devenu notre Sauveur : c'est lui qui est notre Dieu et nous publierons sa gloire : il est le Dieu de nos pères, nous relèverons sa grandeur : son nom est le Tout-Puissant.

Qui d'entre les forts est semblable à vous, qui êtes tout éclatant de sainteté, terrible et digne de louange ! Introduisez votre peuple, établissez-le sur la montagne de votre héritage, dans votre sanctuaire que vos mains ont affermi.

LE
SERMON DE LA MONTAGNE

Heureux ceux qui sont pauvres en esprit, parce que le royaume des cieux est à eux.

Heureux ceux qui sont doux, parce qu'ils posséderont la terre.

Heureux ceux qui pleurent, parce qu'ils seront consolés.

Heureux ceux qui ont faim et soif de la justice, parce qu'ils seront rassasiés.

Heureux ceux qui sont miséricordieux, parce qu'il seront traités avec miséricorde.

Heureux ceux qui ont le cœur pur, parce qu'ils verront Dieu.

Heureux ceux qui sont pacifiques, parce qu'ils seront appelés enfants de Dieu.

Heureux ceux qui souffrent persécution pour la justice, parce que le royaume des cieux est à eux.

Vous serez heureux, lorsqu'à cause de moi, les hommes vous chargeront d'injures, qu'ils vous persécuteront, et qu'ils diront faussement toute sorte de mal de vous.

Réjouissez-vous et faites éclater votre joie, parce qu'une grande récompense vous est réservée dans le ciel.

LE TE DEUM

Vous, ô Dieu, nous vous louons : vous, Seigneur, nous vous confessons.

Vous, Père éternel, toute la terre vous vénère.

A vous tous les Anges, à vous les cieux et toutes les puissances.

A vous les Chérubins et les Séraphins crient d'une voix incessante :

Saint, saint, saint, le Seigneur Dieu.

La terre et les cieux sont remplis de la majesté de votre gloire.

C'est vous que le chœur glorieux des Apôtres,

Vous que le vénérable nombre des Prophètes,

Vous que célèbre la blanche armée des Martyrs,

Vous que, dans l'univers entier, confesse la sainte Eglise,

Vous, ô Père d'une immense majesté ;

Votre véritable et adorable fils unique

Et le Saint-Esprit, Paraclet.

Vous êtes le Roi de gloire, ô Christ !

Vous êtes le fils éternel du Père.

Vous, pour délivrer l'homme, vous avez revêtu l'humanité et n'avez pas dédaigné le sein de la Vierge :

C'est vous qui, brisant l'aiguillon de la mort, avez ouvert aux croyants le royaume des cieux :

C'est vous qui êtes assis à la droite de Dieu, dans la gloire du Père ;

Nous croyons que vous viendrez juger le monde :

Vous donc, nous vous en supplions, secourez vos Serviteurs que vous avez rachetés par votre précieux sang.

Faites que, avec vos Saint, nous soyons comptés dans votre éternelle gloire.

Sauvez votre peuple, Seigneur, et bénissez votre héritage ;

Et régissez-les, et élevez-les jusque dans l'éternité ;

A chaque jour, nous vous bénissons

Et nous louons votre nom dans les siècles, et dans les siècles des siècles.

Daignez, Seigneur, nous conserver, en ce jour, sans péché.

Ayez pitié de nous, Seigneur, ayez pitié de nous.

Que votre miséricorde, Seigneur, se fasse sur nous, selon que nous avons espéré en vous.

En vous, Seigneur, j'ai espéré : je ne serai pas confondu pour l'éternité.

NOTE. — Pourvu que le Sermon de la Montagne soit connu des élèves des écoles primaires, c'est ce qu'a désiré principalement l'Institutrice de Servignat.

L A

BISTORTE

ET LE

PROPHÈTE ISAÏE

———— ❧ ————

LA BISTORTE

AVERTISSEMENT ESSENTIEL

--------◆---

Cette brochure toute récente, intitulée *Béhémoth et Bistorte*, a pour objet principal de démasquer l'égoïsme hideux ; son auteur, qui tient en aversion les personnalités, a vu dans *La Bistorte* une plante rampante, envahissante, stérile, qui lui a paru comme étant le symbole de l'être égoïste. En conséquence, il a, dans ces portraits voulu atteindre ce vice dans l'humanité.

S'il arrivait qu'une lectrice de la brochure se reconnût elle-même, elle n'aurait qu'à se taire, se frapper la poitrine et à se réformer sans retard.

L'impression était à peine terminée quand un exemplaire est tombé dans les mains d'une plongeuse qui a réuni ses adhérentes : et celles-ci se sont dispersées honteuses d'être stigmatisées par l'auteur qui est, et sera toujours respectueux envers les congréganistes, admirables sœurs de charité chrétienne.

R. S.

LA BISTORTE

ET LE

PROPHÈTE ISAÏE

En Septembre :

Les Professeurs et leurs élèves des facultés ouvrent les portières, montent dans les trains et arrivent.

L'Institutrice du village à l'école primaire de Servignat, solidement chaussée, qui est sortie pour aller visiter ses parents et ses connaissances des alentours, a rencontré, sur le chemin qui la conduisait à la ville voisine, un personnage qu'elle a distingué par l'auréole dont sa tête vénérable était entourée : voyait-elle Moïse descendant le Sinaï ?

Et ce personnage, s'approchant d'elle, lui a tenu le langage suivant :

Je suis devant la face du Tout-Puissant, le prophète Isaïe qui, aux siècles du passé, dans mon chapitre III, de la bible, ai prévenu la fille vaniteuse qu'elle traînerait la mauvaise odeur.

Tu le sais : toutes les pages de l'Evangile incriminent la fille égoïste pour être en abomination devant Dieu et les hommes.

La vérité a écrit que les filles menues et d'engeance roturière sont et seront méprisées à toujours malgré leurs parures tapageuses.

Je t'invite à regarder à cinquante pas devant nous : Voici venir un petit phaéton aux couleurs nationales et qui porte trois filles, l'une vêtue de laine, l'autre de coton ; quant à la troisième, Hosanna, elle s'élève au milieu, sur un coussin écarlate, belle créature du monde ; mais, ses mains jaunâtres et, pour cause, gantées, tiennent les rênes d'un animal menu, têtu, musicien retentissant.

Le chemin que nous suivons est étroit; nous ne pouvons échapper au contact de cet attelage : la conductrice va nous éblouir par les reflets de ses bijoux, nous ravir par le nombre de ses bracelets, nous confondre par l'harmonie de sa parure; nous sentirons de près la mauvaise odeur de cette vaniteuse et entendrons bourdonner autour de sa tête les mouches des abattoirs qui s'acharnent et veulent se précipiter pour la sucer.

Nota. — Les mains sont gantées.

Il me paraît utile de te renseigner sur laine et coton.

Elles sont quelque peu nécessiteuses et reçoivent, dans leur commun logis, la vaniteuse qui revient de la messe ou des sermons du soir; sachant bien qu'elle est hypocrite et qu'elle ne va là que pour se faire voir par les dames des ouvroirs ;

Dans une situation précaire, elles ont contracté l'engagement d'accompagner cette vaniteuse quand elle met sa robe de dentelles et ses bijoux qu'elle veut exposer à l'admiration générale.

En échange ou compensation, elles, coton et laine, reçoivent de la belle créature du monde, charbon pour le foyer et l'éclairage pour travailler.

Ta religion et la mienne prononcent : Notre Maître, à son tour, élèvera les humbles, punira l'hypocrisie.

C'EST ISAÏE QUI CONTINUE

PARCE que durant ta vie laborieuse, tu as instruit et guidé tes élèves selon les principes qui font pratiquer le bien et rejeter le mal, parce qu'avant de cesser de vivre sur la terre, tu as voulu laisser un document qui prépare mes célestes missions, moi, Isaïe, prophète du Tout-Puissant, en vertu de la délégation de mon Souverain, je te nomme, dès ce moment, ma coadjutrice et je t'investis des pouvoirs et privilèges que je tiens de mon Maître.

Tu ne retourneras pas à ton école de Servignat.

Servignat est protégé par le grand serviteur de Dieu Rondeau qui, dans sa tombe, fait sortir l'écho de ses vertus et, dans le ciel, préserve ses toujours paroissiens de la contagion du siècle.

Tu t'arrêteras au chef-lieu que nous voyons d'ici et tu y séjourneras. Je ferai pénétrer ton esprit dans la maison de la créature du monde, conductrice du phaéton et tu t'assureras de ses allures telles qu'elles encourent aujourd'hui une sévère punition de son désordre ou bien méritent la rémunération de ses vertus.

Tu me feras savoir si la vaniteuse s'est amendée et dès lors je prierai le Tout-Puissant de lui accorder ses faveurs ; si, au contraire, elle persiste dans ses vices et surtout dans son égoïsme hideux, n'hésite pas, tu as, comme étant ma coadjutrice, pouvoir de la frapper : qu'un affreux lupus pénètre dans ses entrailles pour se substituer au cœur et qu'à sa surface, il rejette les odeurs du fumier — telles sont mes instructions.

ISAÏE A DISPARU

LA coadjutrice, arrivée au chef-lieu, après
avoir lu à l'état civil que la fille visée par le
Prophète portait le prénom de Janemary, parce
qu'elle avait, à sa naissance, paru double, a
envoyé son esprit dans la maison de cette belle
créature du monde et l'a trouvée donnant ses
instructions à une servante qu'elle installait
dans son logis.

Ces instructions étaient celles-ci :

Je vous reçois des mains de mon ancien tuteur
qui m'a fait l'éloge de vos capacités : la soumission à cet étranger m'irritant fort, je l'ai
expédié : plier mes épaules sous le joug d'un
étranger inclinant à la vieillesse, c'était là un
supplice pour mes jeunes années et mon ardeur
à me lancer dans les bras de la liberté.

Mon père est mort : ma douleur a fait son

2

temps. Majeure, en pleine possession de ma fortune, pignon sur place et rue très fréquentée, je me propose de déployer mes ailes dans une sphère de mes goûts ; je veux, moi, planer sur l'humanité comme une étoile impalpable, et rayonner pour les femmes comme une ravissante beauté sans rivale.

Vous ne démentirez pas mon ancien tuteur ; mais, moi, je vous impose un devoir autrement plus sérieux, celui qui, en retour de la rémunération financière convenue, me fera trouver en vous cette gouvernante constamment en haleine pour contribuer à réhausser l'éclat de la beauté de votre maîtresse : L'accomplissement de ce devoir vous sera facilité parce que je possède par un bienfait de la nature une distinction qui se révèle dans tous mes traits et que le monde envie et proclame.

J'ai fait occuper le rez-de-chaussée de ma maison par un locataire qui me débarrasse des mendiants de la ville, et de la banlieue. La compassion pour les pauvres, je ne la connais pas et ne voulant pas l'approche de la vieillesse indigente, j'ai fait placer au premier étage un appareil qui la dénonce à mon personnel ; même précaution contre les marchands nomades et contre les quêteurs, et surtout quêteuses de toutes robes qui sont pour moi des maraudeurs de la pire espèce.

Vous devrez entretenir ma table de pâtisseries sortant de vos mains et toujours chaudes : je vous signale le gâteau frangipane comme étant le mets sublime que j'adore.

Par la pensée suivez-moi au salon : c'est là que se déploient avec goût et profusion les objets d'art et ornements de toute nature que, par ruse et persistance, j'ai soutirés sans la plus légère dépense. La devise : donnant donnant, joyeusement acceptée par le monde honnête au cœur expansif, je n'en ai pas voulue, je n'en voudrai

jamais ; je suis, moi, la beauté par excellence :
par le reflet de ma personne je rémunère
amplement qui me voit et quand à mon cœur,
il est, il sera jusqu'au dernier de mes soupirs
pour mon miroir adoré et qu'aucun être mortel
ne pourra aborder.

Si, après m'avoir contemplée, un passant sur
mon chemin s'éprend de mes attraits et, n'osant
me parler, me fait parvenir un témoignage de
son admiration par un riche cadeau, moi je le
saisis comme étant la dette contractée par ce
passant à qui j'ai donné la joie de satisfaire ses
yeux et imposé le devoir de me remercier géné-
reusement. Or, le remerciment tel qu'il m'est
dû, pour être accompli, doit consister en diamants
dignes d'être offerts à ma merveilleuse beauté et
de s'ajouter à une parure qui est déjà d'un prix
inestimable.

Tout donateur envers moi n'est autre qu'un
sot du moment où, renouvelant ses présents, il

osera espérer un signe de ma gratitude — je tarderai peu à le convaincre que ma beauté *reçoit tout, ne donne rien.*

—✳—

La malveillance et la jalousie disent hautement, il est vrai, que mon salon est un ramassis misérable d'objets troqués chez le marchand de bric-à-brac, qu'il forme un bazar, où sont amoncelés les tableaux, verroteries et glaces qui étaient mis en évidence dans l'échoppe du cordonnier. Mais j'exhibe-là, à la place du portrait de mon défunt père, une terre cuite qui représente un troubadour, et une autre terre cuite d'une pauvresse ; j'exhibe encore un lustre vert et rouge au plafond, et des portières enrichies par mes charmantes mains qui les ont brodées.

Par un privilège attaché à la nature des services intimes que j'attends de vous, nous pénétrerons dans ma chambre, asile de mon repos, sanctuaire impénétrable à l'homme, dépositaire d'un objet sacré, mon Miroir. Mon Miroir ! que j'aime d'un amour exclusif et qui résume mon bonheur : quand je le tiens à la main, quand je l'élève devant mes beaux yeux, quand je l'embrasse tendrement, quand, enfin, lui, si doux, me prodigue ses caresses, qu'il est beau, mon Miroir ! Qu'elle est belle sa bien-aimée ! Il est, je suis, ensemble, rayonnant sur la terre comme un arc-en-ciel qui a pris ses couleurs dans le séjour de la perfection.

Jusqu'à nouvelles dispositions, l'accès du boudoir, où je tiens mon piano, vous est absolument interdit ; on apprend là le plaisir de mourir en chantant, et on y savoure la frangipane avec ma grassouillette.

SECONDE ÉPREUVE

DANS quelles dispositions pouvait être l'esprit de la coopératrice, après l'audition de l'entretien qu'avait eue, avec sa servante, la maîtresse, qu'elle, coadjutrice, devait récompenser ou punir :

La temporisation prévalut, et, à l'inspiration d'Isaïe, l'Institutrice décida une seconde épreuve qui lui a été facilitée.

—✴—

Hier, en peignoir du matin, à l'invitation d'un attrayant soleil, la vaniteuse Janemary a pris un pliant et s'est dirigée vers son jardin pour s'y reposer au milieu des fleurs de son parterre, et, là, sa bouche a daigné prononcer les paroles suivantes à son entourage, heureux de l'écouter :

Mes Fleurs ! m'avez-vous saluée, en apercevant votre bienfaitrice qui vous honore de sa gracieuse visite ? Toutes, vous êtes mes tributaires ; c'est moi qui possède le local que vous détenez ; vos couleurs, c'est encore moi qui vous les ai imposées par mon choix ; à qui devez-vous votre fraîcheur : à l'eau salutaire de mon bassin ; ne sont-ce pas mes blanches mains qui, dégantées, vous délivrent des insectes, vos ennemis. Convenez-en, de votre existence, je suis, moi, seule, la royale donatrice.

Hélas ! vous êtes éphémères, boutonnez au matin, semblez belles à midi, flétrissez au tantôt, tombez au déclin d'une même journée. Moi, je marche, jeune d'années, avec une beauté qui ne cesse de s'embellir.

Eh bien, mes petites fleurs ! servantes fidèles de mes volontés, sachez que je suis venue pour vous imposer le devoir de vous décorer de tous les dons que je vous ai prodigués avec une inépuisable libéralité, afin que, dimanche, à l'heure où je paraîtrai dans mon gracieux équipage, vous composiez, sur mes genoux, le superbe bouquet digne de s'étaler avec la perfection de ma ravissante beauté.

—❋—

Ainsi avait parlé à des fleurs la vaniteuse Janemary, cette fille déjà soupçonnée d'être double, lorsque Isaïe, sur ses ailes de prophète, se présenta devant sa coopératrice en lui enjoignant : 1° de punir la honteuse créature qui assimilait ses bienfaits à ceux du Soleil ; 2° d'assister à son triomphe du dimanche, du dimanche qui est le jour de l'adoration ; 3° tu la frapperas de la laideur, de cette laideur repoussante qui viendra se joindre au lupus hideux et fétide dont je vais pourvoir son corps, en châtiment de sa devise : « Tout pour moi, rien pour les autres. »

—❋—

Et, le samedi, à l'heure où la Janemary préparait sa robe en dentelles, ses bijoux, posant les plumes à son chapeau, ordonnait l'avoine à son coursier musicien, cette créature en liesse ressentit tout à coup un frémissement glacial des pieds à la tête, ses yeux se couvrirent d'un brouillard ténébreux, la fièvre s'annonça par les battements précipités au cœur, et sur ses épaules un bouton de lupus se manifestait ; enfin, sur son visage, l'affreuse laideur venait contracter ses traits pour en prendre possession.

On l'entendit alors chanter comme aliénée :

Adieu, mon âne ;

Adieu, frangipane ;

Adieu, Ségriès ;

Adieu, lustre de baccarat ;

Adieu, terre cuite à la place de mon père ;

Adieu, piano, où je rencontrais la douce main de ma friande grassouillette ;

Miroir ! amour de mon âme ! Adieu ; toi que

j'ai si tendrement baisé ; ami et bien mieux, mon adoré, sois éternellement brisé, tu ne seras plus le reflet de la perfection.

—❊—

Soit sur le lit de la douleur, où la Janemary s'agitait convulsive ; soit encore debout, avec les gestes de l'aliénation en délire, on eût dit que les signes avant-coureurs de la mort devenaient manifestes, et ces signes étaient tels que l'Institutrice, la visitant de nouveau, fut elle-même saisie de la frayeur d'être témoin d'une mortelle agonie ; ne savait-elle pas, coopératrice d'Isaïe, que déjà les trois démons de l'égoïsme, de l'hypocrisie et de la vanité étaient sur le toit de la maison et s'apprêtaient à fondre sur un cadavre pour le précipiter dans leurs antres ténébreux.

—❊—

. Dans la situation d'esprit où elle se trouvait, tremblante, sincèrement pieuse et compatissante, l'institutrice de Servignat s'adressa à la *Miséricorde de tous les siècles*, qui, sur sa prière, mit en fuite les démons, calma la moribonde, en appelant en elle un apaisement complet.

—※—

Or, la Miséricorde demandait en retour à la vaniteuse de substituer le portrait de son père à la place de la terre cuite du Troubadour ; de vendre ses dentelles achetées à la foire ; de donner à l'église de Servignat le lustre de son salon ; de fermer sa chambre à la grassouillette ; de solder ses acolytes laine et coton ; enfin, de ne plus cajoler sa frêle voisine de campagne, en prévision d'une rétribution posthume.

—※—

CHAUVE-SOURIS

Le général qui combattit au temps très jadis, pour conquérir l'omnipotence sur les hauteurs, ténébreux, prince du mal sur la terre, Satan, puisqu'il faut l'appeler par son nom, est entré en fureur contre ses subalternes esprits infernaux qui lui avaient promis le cadavre de la vaniteuse.

Ce général, qui savait qu'hier un concert devait avoir lieu et que la proie qu'il convoitait s'y rendrait dans toute sa magnificence ; à l'heure de ce concert, se tenant au passage de la foule, il a vu la vaniteuse égoïste s'avançant comme une princesse de Navarre, avec sa robe en dentelles, et murmurant sur ses lèvres un cantique de sa propre célébration :

« Tour d'Eiffel ! tu es fière de ta hauteur ; « moi, je suis la beauté.

« Charpentiers et maçons t'ont formée ;

moi, je suis la plus rare merveille de la création. »

Aujourd'hui Satan espère : il a dépêché, sous la forme de chauve-souris, trois de ses suppôts, qui se glissent dans la maison de ville, qui a sentir mauvais, mais bien moins encore que la propriétaire.

EN OCTOBRE

REVIENNENT dans leurs logis les aînés pour instruire, les cadets pour apprendre.

Ce fut en ce mois que le prophète Isaïe remonta sur les hauteurs pour rendre compte de ses missions dans les régions inférieures. Quand il fut informé, le Souverain Juge, baissant les yeux, vit par lui-même qu'à Nilreb, le gigantesque Béhémoth II forgeait pour l'extermination de la race humaine, que ce monstre amphibie voulait engloutir dans ses flancs les eaux de tous les fleuves, dessécher les mers, lancer du fonds des abîmes les flammes de l'incendie ; il vit encore que la Tarasque, cousine du monstre, s'apprêtait dans ses repaires à ronger toutes les productions de la terre, à dévorer les bipèdes et quadrupèdes des plaines et des montages ; il vit enfin, partout le carnage et la désolation, et ses yeux d'un père se mouillèrent de larmes.

Oui, le suprême Juge met sa gloire à pardonner : les siècles ont proclamé son infinie bonté, mais quand il lui fut révélé par tous ses prophètes ambassadeurs que la postérité d'Abraham était envahie par l'égoïsme hideux, son cœur fut contristé : « Eh quoi ! j'ai envoyé sous mon « soleil fécondant des jardiniers nombreux avec « les mains pleines de semences choisies par ma « générosité, et ils ont semé dans leurs champs « la stérile Bistorte, dont les racines rampantes « absorbent tous les sucs de la terre pour « former, s'il était possible, un désert sans fin ! « Bistorte ? n'est-ce pas le nom patronymique « de cette misérable créature qu'Isaïe m'a « dénoncée comme étant Janemary dans sa « maison aux chauve-souris — Egoïste-Bistorte, « voilà de l'humanité le fléau bien plus redou- « table et pestilentiel que la tarasque et « Béhémoth. »

—❊—

EPISODES

Au matin d'un jour ensoleillé, après une débauche de frangipane, Bistorte a offert le bras à Grassouillette pour une promenade à l'âne dans la forêt voisine, alors que la meute d'un piqueur cherchait sous le bois la piste des renards.

Les deux filles arrivées près des ombrages d'un chêne se murmuraient de douces paroles : « d'autres avant nous ont dit et fait là beaucoup « de choses ».

On attacha l'âne, et Bistorte ressentit soudain dans son intérieur un poids excessif de frangipane à rejeter et qu'elle.... déposa, et la meute venant à passer flaira sur l'herbe.

La foudre n'est pas plus prompte : voilà l'âne brisant sa corde qui se sauve épouvanté à travers les taillis, les filles échevelées qui perdent la tête, et les chiens croyant aux renards, poussent à leur domicile Bistorte et Grassouillette.

—✳✳—

Le Législateur du monde a voulu revoir le parterre où ses nobles enfants arrosaient, aux jours heureux, leurs superbes orangers aux parfums les plus exquis ; aujourd'hui, il y a trouvé des choux, des concombres, des haricots ; il est entré dans le lieu saint d'où s'élevaient à la divinité les cantiques dus à sa gloire, il y a entendu une bistorte qui célèbre la devise tout pour moi, rien aux autres — ayant faim, il a vu un figuier, celui de son évangile.

Et le Législateur a maudit ce figuier.

POST-SCRIPTUM

POST-SCRIPTUM

L'Institutrice de Servignat qui, en vertu des privilèges dont elle a été investie en sa qualité de coadjutrice du prophète Isaïe, avait, par son esprit, assisté aux tourments d'une égoïste et vaniteuse moribonde et, de plus, aux vociférations des démons et des loups prêts à se disputer le cadavre de l'agonisante, a tristement repris le chemin de l'école de son village.

Après une invocation de son âme sur la tombe du curé Rondeau, elle a lu à quelques élèves assemblées, les pages suivantes de ses méditations :

Les enseignements de tous les siècles portent dans leurs substances :

L'égoïsme résume toutes les mauvaises passions, il en est le père : c'est la source de toutes les souillures du cœur ; c'est le vice des vices.

L'égoïsme a pour escorte : l'orgueil, la vanité et l'envie qui, dans leur ensemble, veulent effacer tous les points lumineux.

L'égoïsme est le culte sacrilège de la personnalité, culte que la religion et la morale réprouvent, que l'orgueil conseille presque toujours, et qui, dans son résultat, est odieusement contraire aux lois d'équité de la providence et aux intérêts généraux de l'humanité.

En considérant l'égoïsme dans ses ravages, nous le trouvons agissant sur la société comme le dissolvant le plus actif, brisant les liens qui rattachent l'humanité à la famille, desséchant le cœur, y étouffant tout sentiment d'honneur et de générosité, éteignant toutes croyances, anéantissant toutes les vertus.

L'égoïste étouffe les qualités de son âme, il lui est difficile d'être moral ;

Il rapporte tout à lui, n'existe que pour lui aux dépens des autres ;

Il serait trop hideux s'il se montrait à nu ;

Il sacrifie les autres à lui-même, ne comptez pas sur son assistance ;

Il a le cœur dans la tête ;

Il erre péniblement dans la vie ;

Comme l'avare, il est sans cesse agité par la crainte :

Tout pour lui, rien pour les autres, voilà son code et sa devise.

Renfermée dans ses appartements, la coquette n'a des yeux que pour son miroir, c'est-à-dire, pour elle ; se mirant dans cet objet chéri, elle passe des heures entières et souriante avec plaisir :

L'orgueil, chez la coquette, est toujours peint dans ses traits ; sa vanité consiste à rechercher les occasions d'offrir à tous les regards le spectacle de sa beauté et à faire valoir ses avantages par tous les raffinements de l'art et l'élégante harmonie de sa parure.

Où l'envie se trouverait-elle si elle n'habitait pas dans l'âme de la coquette ?

Personne n'est plus, que la femme égoïste, travaillé du démon de l'envie ; il n'est permis à personne d'être plus belle : toute beauté resplendit dans ses propres attraits.

MÉLANGE D'HYPOCRISIE

LA fausse dévote pratique une dévotion retentissante en s'ingérant dans le plus grand nombre possible d'associations riches et bien famées ;

Porte à l'occasion, en public et aux cérémonies du culte, la bande, retenue sous la nuque, d'une étoffe noire qui, longeant les reins, vient aboutir sur le coccyx ;

Plonge deux fois et demie hors de sa chaise sur les dalles du lieu-saint ;

Se couvre étroitement sous le menton ;

Comprime sévèrement la poitrine ;

Prévient les ondulations naturelles que sa vertu considère comme étant factieuse et, de plus, scandaleuse ;

Se nourrit, matin et soir, de la farine de blé de Turquie, pour obtenir le teint d'une pharisienne ;

Tourne le dos à l'indigent, même le repousse ;

Méprise la femme enceinte ou nourrice ;

Laisse les malades se plaindre dans les douleurs ;

Relègue au grenier le portrait de son défunt père et le remplace par la terre cuite d'un troubadour figurant au salon.

—⁂—

Suivant un langage religieux, le corps de l'homme est un ennemi qu'il faut combattre en le revêtant de la mortification. Sous nos vêtements scientifiques et industriels, que sommes-nous ? Voilà comment tu as déserté la voie de l'abnégation pour te satisfaire ; les autres, ne voyant que le dehors, ont cru à ton dévouement, mais Celui qui voit le secret a surpris ton égoïsme.

Travaillons, aimons, donnons à cœur ouvert et à mains pleines.

L'homme a des heures pour lever la tête vers le Ciel, il en a d'autres pour s'incliner vers son prochain et lui prêter son appui.

Comment faut-il vieillir ? En aimant.

Aimer largement Dieu et les hommes, c'est la grande loi de l'Evangile.

Souvenez-vous de Saint-Jean, ce noble centenaire qui, sans cesse, répétait la même chose : « Aimez-vous les uns les autres ; c'est le « précepte du MAITRE, il suffit qu'on l'accom- « plisse. »

Le fonds des vertus, c'est la Charité.

— ❈ —

Quand donc, cloportes fangeuses, plantes vénéneuses des jardins de l'humanité, filles bistortes ! vous appliquerez-vous les règles de conduite que vous prescrit la religion raisonnable en harmonie avec la raison religieuse avant de vous présenter dans les ouvroirs de la charité, avant que votre cœur ne baigne tout entier dans sa mortelle humidité, avant que *vos odeurs* ne vous rendent insupportables sur la terre, avant que votre corps disparaisse sans qu'une larme vous accompagne au dernier séjour de l'humanité.

Oui, de la part du prophète Isaïe, je crie hautement sur les toits que la fille majeure égoïste ne mourra pas sans avoir subi la très lente et terrible agonie réservée aux plus grandes criminelles : Elle n'a pas aimé ! Son âme qu'attend-elle ! Malédictions, réprobation.

Cette brochure était à l'impression lorsque le chef-lieu de l'Ain apprit qu'en résipiscence de son passé, la Janemary voulait inaugurer, sous son lustre vert et rouge, l'ordre tout neuf des Plongeuses deux fois et demie sur les dalles des Saints-Lieux.

La cérémonie d'installation sera marquée au début par une avalanche de frangipanes, et close sous le frémissement des strophes du Libéra chantées par la voix stridente de l'Amphitryon.

CONCLUSIONS

La stérilité est le néant.

La fécondité, c'est la vie.

Chez les Janemary, la stérilité est un attentat contre la nature.

L'hypocrite a dit au curé :

« Venez pour mes relevailles, et fermez au « public ; j'ai honte ».

Jardiniers ! déracinez le figuier maudit.

Législateurs ! patentez, patentez encore ; patentez sans cesse la race vipérine des Bistortes — aux Gémonies les Grassouillettes.

R.-S. DE SAINT-TRIVIER-DE-COURTES.

Bourg, imprimerie V. Authier.

www.ingramcontent.com/pod-product-compliance
Lightning Source LLC
Chambersburg PA
CBHW060835250626
47162CB00005B/2077